千树飞雪

乔信琳◎著

线装书局

图书在版编目（CIP）数据

千树飞雪 / 乔信琳著. -- 北京 ：线装书局，
2022.7
ISBN 978-7-5120-5077-8

Ⅰ．①千… Ⅱ．①乔… Ⅲ．①诗集－中国－当代
Ⅳ．①I227

中国版本图书馆 CIP 数据核字(2022)第 140385 号

千树飞雪
QIAN SHU FEI XUE

著　　者：乔信琳
责任编辑：李春艳
出版发行：线装书局
　　　　　地　址：北京市丰台区方庄日月天地大厦 B 座 17 层（100078）
　　　　　电　话：010-58077126（发行部）010-58076938（总编室）
　　　　　网　址：www.zgxzsj.com
经　　销：新华书店
印　　制：北京军迪印刷有限责任公司
开　　本：787mm×1092mm　1/32
印　　张：4.25
字　　数：120 千字
版　　次：2022 年 7 月第 1 版第 1 次印刷

线装书局官方微信

定　　价：49.80 元

目 录

目
录

千树飞雪

犹待梨花含露开，须臾东娟搴芳染。

逐落满棠生霞室，千树飞雪海茫茫。

青 山

青山又见一涟春水

杨柳在薄纱中游荡

视觉的画框

多么美好的居舍

不忘百花铺满梦乡

这是走进谁的心房

我

杨柳垂垂

心语沉沉

无碍浊弄

是我在苦海无边

是我在声声呢喃

不和也许

是我六神无主之地

迷茫的境界

哈哈

能在这片土地上开花结果

我也在梦里遇到前世今生的你

遇见当下的我

玄之又玄

众妙之门

感　知

无的时候感觉到了有

有的时候感觉知了无

静的时候感觉到了动

动的时候感觉知了静

一味追求无和静忽略了动和有

感知到了景却是以为功

稳如盘石以为是性

却都不是圆通

飘飘然

飘然纷飞落珑钟，

万里冰封送长风。

宛若，宛若，瑟瑟，瑟瑟，

雾海敛州

如斯浊浊

清清比作

白玉楼阁

所谓是顶染五月琼花

好作月下美人

独酌无相亲

独酌冷香人

独酌相思景怡人

暖化了壶纱中的痴人儿

又颤颤慢慢

颤颤慢慢

怕我不小心惹了芳色

罪过！罪过！

只可远观不可触摸

藏在心窝

舍利花

舍利花呀

舍利花呀

布满了青苔

藏起的花蕊

片片芳飞

好似虚渊的点缀

来来回回

于密值根焉

谢落归空，空满回

沾沾，悲悲

沾沾，净秽

无相无色

无色无味

玄元·元始

九垓下涎临太渊，

婉孌都颐倚阑干。

呼云含梦妄悠界，

是悟金盆玄黄经。

似若清风动如龙，

裂纹妙幻显长文。

原是元始无字天。

别相思·荷花微雨

晓夜微雨初晴

枝头日暮重重

两三声

风露莹莹

雪开菡萏无声

午时荷花香迎

残珠凌乱未续

绿池波鸿相萍

绸缪未知思绪

才知望

山雨蒙蒙

风乐歌舞

风清清高

雨丝丝愁

何为冬雨动春容

乐卷万里妙长风

弦色声声拨青云

风雨鸿沟疑无容

动如处子静如龙

那片雪

生命的轮转，我把思念化作雪埋藏！

一世又一世，茫然飘荡。

冬天的孤寂

那是一片雪的海洋

懵然不知

席卷在我的心房

寒冷而又疲倦

不知所措地轻轻游荡

我向你问候

喂

你是那片雪吗？

不

我是一片雪也是一片汪洋

徘徊在清与浊

不曾把我淹没在大地之旁

看

我听见火山在流畅

百花在绽放

小鸟也在为我歌唱

我的躯体如夏季般的暖阳

我向圣洁的雪莲许个愿望

轻轻地，轻轻地

请你将我融化在你的身旁

排解我的欲望

看不清无常

永 恒

天，孕育了一颗樱花树的魂魄

放飞了自我，渲染了一片河

心，为谁奔波

声，怜悯了酸甜苦涩

风，播放着星光的极乐

一声一声的般若

梵动者涟漪的智者

在泥土里钻出沉睡的清浊

我刚从混沌中苏醒

不曾迷失莲花的开落

愤怒只是创造者的艺术

无尽的爱

无尽的希望

你看

太极动了

千树飞雪

我感受到了春天在唱歌

夏天的太阳在炙烤着我

秋天显现出了一湖月色

冬天催开了自己的冰魄

芳菲了一宇的花朵

我问

你是谁?

我该怎么做?

我亲爱的孩子

请你聆听樱之语的呼唤

不要去执着

不

我好像听懂了

但我会一直寻找快乐

我庆幸我还活着

水做的莲

你在幽怨

他是烈阳娇妍

你在孕育生命

他在狂揽红艳

一朵水做的莲

他是污浊的开端

你是仙女下凡

你所经历的苦难

只为更好的涅槃

后悔的泪水

淹没了那一年

一朵红莲

我，在寒冷的黎明前感受爱的温存

一丝烟卷的气息，烟雾漫漫

这是我梦中的场景

不

那只是一个梦

内心的呢喃

小声地问天

我是否有个美满的姻缘

现在

我知道了答案

沧桑的轮转不过是

自体妄念

多么可笑

给自己最好的礼物就是伤痛

多么迂腐的敷衍

地位和金钱

我能给予对方什么

才能换取长久的陪伴

都是激情过后的过眼云烟

天也笑了

鸟儿也笑了

我也笑了

窗外飞进来的一朵红莲

似这般满纸的荒唐语

一把数也数不清的辛酸泪

滴滴浇灌

千树飞雪

浴火重生的莲

我和你

相信钟情的一见

有太多美好的画面

太多的莺莺燕燕

看的你我眼花缭乱

从经历火热又归于平淡

爱情的诗歌是借口的开端

不爱

才是真理的谎言

我经历了多少个日出

才走出迷境的终点

那一点灵光啊！

是我问天

是我问地

是我在感受大地的自然

我终于知道了答案

转身后浴火的那一朵莲

真如不变

满园醉

风摇满园忆南钟，莲蕊降香生瑶庭。

梦魂何处惹芳草，一壶桃酿醉周公。

尘　情

红尘悠悠又一梦，轮转不住心未澄。

恍如隔世印菩提，紫气东来一如清。

千
树
飞
雪

前　梦

江河流水永不息，四季轮转循常理。

遥梦曾忆隔几春，哪知前梦是今生！

问

问秋凉几何，碧波寒叶托。

拂霾探腊梅，为时还几多。

三世引

三生悠悠性缘定，三世晨阳西浮沉。

落叶随尘偏偏引，雾途迷寻禅中境。

冬

寒雪染山河，万物凝霜衣。
现世路人叹，一景独千秋。

千树飞雪

登玉宇

寒波青袍银影楼，风萧迎云塞外舟。

愿琼瑶乐闻香旁，欲琼楼深情思量！

青青凉

秋风凉，桐兮青青似琳琅。

枫叶凋零，素女降寒霜。

腊冬梅花独自开，青云上。

望这茫茫霜花，落在青青上。

风兮兮，如柳垂荡。

白雪起舞，琳琅震响。

伤　景

忆忧涟漪窗飞雪，贯穿碧叶冰凌芽。

暮景败魄勾魂兮，私语绪知风冷月。

回　幕

一江春水，倒如碧扣，似是琳琅如水。

水如碧扣，碧波微微，兮兮流水。

细水长流，心随而去，又怕她人归。

月 情

丹桂香，心渺茫，秋波寒月泪成霜。

万丈灵根开桂香，深情思量！

月中仙娥酿酒香，香啊香，香啊香。

白衣舞裙凌波步，玄珠含光照夜长。

望琼楼，难思量！

仙鹤引

白雾袅袅迷离，丹鹤云翅翔舞兮。
南天外三千里，歌鸣重重引太虚。

花　愁

庭院曲径花馥芬，迎风闻得草木情。

假山顽石久立新，岁月蹉跎难觅真。

立 志

寸景草自生，吹折争自强。

亦做有根物，不随风儿逐。

夕 冉

青云篇，浮云卷，一池莲裳水映面。

碧空如洗徐徐散，缕缕玉，香心堪。

寰故去，夕阳宇，独停叹！

渺渺寂已，愿山河点点，朦胧星光。

不离渲染。

观　色

拨开云雾见乾坤，一股清风揽明月。

星河锦绣倒色空，枝柳作栏上瑶穹。

无常归

千丝万缕烟绪散，栖落瓦檐身不愿。

可叹世道无常事，两行红窗云雨卷。

虚　空

云雾交织一点灵，一点灵光应无明。

碧波徐徐环四宇，莲花托起九重灵。

千树飞雪

恍　悟

梦境大千界，不见离尘情。

唯有识性幻，一语寻无生。

心 墨

字字墨迹不染尘泥，宁做浮沫忽然而已。

不成干涸黄沙环宇，但听的万画时孕育。

千树飞雪

浮生若华

风也愁，雨也愁，人生几多愁？

风卷残雨泪也流，谁把真心比琼楼，

望这水中花，镜中月，难永久！

思·幻梦

残光半影桌上温，昔忆往事无人津。

凉凉心事诉道情，寒灯独坐枯凋零。

白露晨钟怨余生，只望今朝悔无痕。

静谧芳飞沉花蕊，枕思空悲牵梦回。

千
树
飞
雪

暮 秋

忽如凉秋袭人意，眼眸回顾春过黄。

善心一处住不动，深入其中好文章。

还本香

身如菩提树，还本性香来。

遍照诸法界，明净易非台。

时时勤拂拭，善住圆通海。

妙道常清静，何处惹尘埃。

窥·琼楼

窥破天机道盘局，游戏乾坤比东西。

若将天心遗沧海，即悟丹性道无极。

西湖·水镜

重游故地西湖畔，江天一色碧波潭。

天池之水天上来，人间难得几回观。

玉皇山

玉皇飞云雪飞花，紫来洞庭悟金华。

二八凌霄绝峭壁，一盏心灯照心芽。

莹　露

春草足下生，一诚通白明。
月下莲中露，晨时露莲莹。

芳　洁

心似芙蓉开，含苞待露颜。

一城满欢笑，敛收花下年。

无·言语

哪里飘来大海水，一朵桃花冬笑颜。

我身是莲莲是我，春风迎面喜连连。

止 观

一粒丹成显真纹，精元诚通修上宫。

圆圆不动如如明，妙道无穷乐融融。

归 一

潜龙伏虎藏于密，须知太渊隐玄机。

明灯常照乾坤室，元阳九九显云迹。

九 观

天降恩光开皇道，九炁清风戏五色。

如比乾坤兑两珠，龙啸仰天转元始。

明镜·九气

风花雪月言无休，绵绵水愁不绝悠。

太上忘情断尘妄，感因点果九真心。

一点·灵光

至终至始乎阴阳，无极能生太极光。

总悟心性点黑白，一粒大千任昂藏。

藏·妙法

一念除破迷云障，太极往返无极先。
真空如幻如知性，识得假空妙法藏。

长春魂

宛风荡漾长春魂，凝固玉衡紫气腾。

日月炼魄虚室间，真意长存千叶莲。

葛仙观

雨润深门风诉心，幽烛暗影馨香魂。

南竹不闭八方客，细水青苔有葛公。

千树飞雪

见性·知命

不知真意何处守，只见日久五气盛。

圆光还得勤观摩，无到寂末虚时多。

心底善芽见性花，赞精累气生绿芽。

发气也都知处聚，原是先天元始家。

本来先后无差别，观照命时居洞华。

故 乡

明月不曾分两处，只在一心问乡都。

何思千灯共异盏，本无差别来时路。

红 日

日出东海千飞雪，除却云雨遗长风。

通体自然降流世，真香本无空洞处。

归春·眠怀

悄无声息入昼光，花路晨夕游波浪。
山流水溪众池地，春眠居栖卧榻床。

纱 都

云落雨雾雕碧树，窅然纷菲低绮户。

三千九万瓢饮尽，非色为空何是物。

流香·清魂

流火跨年华已悲，霜冻九丈霁若菲。

百里无岁数月归，一缕金香召梦回。

晚　秋

夜袭满园遍红娟，人物两忘沉落雁。

心卷残香拾秋年，好景难过三日寒。

春阳·天

游过南风花露宸，不避东竹万世新。

忽如梅雨迥然去，百花千花齐争春。

尘缘味辛

一缕琼香散瑶尘，梅雪轻点清风，心一宇，方见兰馨，

幽草丘壑碧叶空，玉露黄芽云荫处，一方净土是乾坤。

秋　雪

西天飘至秋雪茫，

金黄黄，绿波轻泛芙蓉香。

千树飞雪

静庭芳

荷花露露湛春风，疑似蜻蜓落上蓬。

一池玉盘收不住，觉是金蝉了无声。

玉罗兰·相思泪

幽兰未沾寒冬露，非烟为色即是雾，

碧玉芳草烟飞雪，君不在，独揽明月，

一曲离泪舞乱步，西燕南飞，空牵念，

相思泪，寄去心香，伴君长。

伤怀月

几缕春水点芬芳，一缕香寒散玉尘，

两袖清风风雪月，莫道君心夜不长。

月落沙

月落红尘满天沙，且送思绪断白发。
千丝不为万缕愁，犹看长江洞庭花。

秋月晚凉·桂雨渐去花发处

绿枝黄蕊红叶柔，中院银霜何须留。

自有秋意来时路，遍染晚风凉月忧。

兰定醉，菊笑羞，不应花中第一流。

只愿莫染无思量，此情深时，

夜无声，桂雨渐去花发处。

归鸿·曼珠沙华

初见一株烈焰红，何处寻芳踪。

秋色过尽，泪弹朱唇，唯兀自彷徨。

阡陌上，多少烟冷风雨间，归鸿无信。

渐续尘中梦，镜随人转，万事尽浮休。

前尘缘

娇娇佳人，山河之畔，朱窗深院，独卧屏岚。

朝夕慕兮，缘来悠然，风舒云卷，问谁可知，情为何物？

欲收不住，望穿秋水，前尘如梦，白驹过隙，恍如千年。

无生根

1

无生根，根又生，生了天根道迷津。
空即色，色即空，缘由法生法自性。
提起莲灯金光路，失掉心性空自无。

2

无生根，连天都，雾里行舟到天府，
无名镜，参天符，乾坤无极造化炉，
紫虚顶，霞光色，生了天心返太无。

3

无生根，根生无，生根生无太极图。
乃发生，生万物，只待洞中乌和兔，
无常难催境中色，色相表里对虚无。

4

无生根，生天无，星河玉树琉璃珠，

非色非空无根树，怎悟天机开灵图，

无红花，无色果，玄明镜中光灼灼。

5

无生根，难系骨，童子连连九颗珠，

无明心，檀中府，运起水火到灵都，

阴阳造化丕转孤，回头还得串连珠。

6

无生根，生万物，一时繁华一了无，

难泊系，又漂浮，常在刀山浪尖处。

无风无雨难成器，莫让万物心内无。

7

无生根，枝儿浓，绿叶红花一树空，
净明无色圆明镜，谁把绿叶红花比做我。
把根扎，也污浊，一片真心也肥沃。

8

无生根，莲正红，玉柱莲蓬造化中，
不浊尘，难立根，地支金花托灵根，
了了尘俗心外天，难擒龙凤归灵泉。

9

无生根，莲正色，摘尽红莲也多磨，
圆光景，浮尘波，飘来荡去多曲折，
谁把前车鉴仁者，蒲团打坐朱雀窝。

千树飞雪

10

无生根，花满金，玄都元阳梁山行，

何处飞来圆轮色，光灿灿，清浊浊。

11

无生根，花满阴，取次井泉通玉门，砗磲转淘甘泉水，

灵沙妙药捣气中，火莲为引炉内生，阴阳造化太极宫。

12

无边洪荒无界停，无生根，终无凭，命到已时方知终，

转太极，才生动，萌萌黄芽乃发生，真机本是戊己土，了了尘

俗，了无生。

安自住

安乐于自己精神的世界，
安住于自己内心的愉悦。
安乐于自己内心的世界，
安住于自己身外的一切。

千树飞雪

赋诗·丹赋

丹成九转第一仙，花草春风足下眠。

多情云儿开暖日，莲池开满金马安。

轻　鸿

瞧落梨花含泪开，半世功勋正国楣。

一声惊雷云雨去，留下丹心照沧海。

千树飞雪

无心莲

有心栽花花不发，无心培芽柳成荫。

花开见性千叶莲，唯有陀罗弥心间。

自此寻得无价宝，事事多磨勤修炼。

褪去众生一身法，万叶玄通白阳天。

不自知

人生如露亦如梦，青丝朝暮两情愿。

飞云别鹤踏尘轩，恍如隔世已百年。

千树飞雪

无 有

青心一处不动身，即悟明心见真性。

磐石能结无为果，动时一静天地同。

极变·本自虚无虚极处

本自虚无虚极处，得来不便清凉谷，静中变，动阴阳，混混默默守太枯，冥冥滓滓，性安自住体自如，无为舍里烝长呼，蒙蒙空洞，觉照万象神出。

重阳黄菊·十五桂花体性柔

　　十五桂花体性柔，寒香清发越闺楼，转明月，踏云轩，独徘徊重阳街头，不自归休醉心头，才凝眉，黄菊更冷，稍比空影枝头。

一梦又梦

　　南江寒水入心霏，薄雾浓云，渐渐起波澜，未见接天齐，又步步愁著，杨柳帘幕，幽梦处，四方花宇，一觉十方，广法天地。

随自在

　　青海中的一轮月色，万法的云波，交交合合，智道的般若，泛起一丝莲荷。

满天花雨

　　一缕冥丝，一缕婵娟，幽苒的灵天，九天的花蕾玉树临飞，一粒尘，一粒雪，十方云波的交汇，轻触神女的心霏。

云虚宫·仙舞词

　　半遮半掩桃花扇，尘中长成月容颜。刺儿枝绿月月红，一
年四季香飘远。左顾右盼半遮衫，屏风一曲云落天。莫呀，莫
折，莫摘花，心里一朵摘与她，风摇刺锋舞香散，幻做琉璃罩
儿观，如梦非花雾非雾，迷花非花雾非雾，只此心香飘十方，
天地云卷舞一翩。

道离愁

　　夜寐高，蓉蓉挂月悬离愁。道不尽的年流，言不尽的千秋，自古历史豪情壮，低下头且思量，门栏踏过霜雪厚，几人体会，万古枯，髅骨不言人间情，自在方是随风声，最是难言世间心，几家欢乐，几家忧，且看百年沧桑尽回首！

满洲情，逐落满棠生室香

　　满洲风窗雪茫茫，梨落千里北秋霜，墨客不知春雨送，才五月，夕阳红，自认别去任忧伤，倘若？倘若？　南如红娘连喜事，花一抹，逐落满棠生室香。

丘壑词·罗山吟

  罗山白雾遮青烟，十里将寒君未还，晨钟暮鼓惊翠峦，天渐凉，月初鸿，鞭策白驹匆匆，香檀飘九重，断却十里繁华，知之处，丘壑生。

因　果

梦是幻，镜是缘，虚法实藏，千叶莲，

幻缘皆因果，因果种善缘，善缘皆利益，

利益广无边。

醉芳华

　　夜吹莲香入梦来，秋树披霜，白玉楼阁，轻熏风声醉芳华，才似千寻，亦如隔朦胧，西江月夜缅风怀，谁与蹉跎平风波，撇一瓣，化做春风，巡知客。

尘缘畏劳

静香冷夜流光照，碧叶心花待月归，

散云彩光，千叶琉璃，万道陀罗尼，疏送无妄虚空寂。

咏酒别友

一壶浊酒怎伤神，不忘情思意昏昏，

风卷残更，心语层层，暗香浮动夜倾梦，卧眠长声，

别四年光景，弹指无踪。

湖心亭

荷香微微迎月婵，却逢云波开星辰，妙宇化境一片天，湖心，湖心，湖心几度春，不见湖心亭。

他化自在·心如三月白雪

心如三月白雪，骨如七月水莲，

面冷冷，肤如冬雪飞满天，身如天地道自然，

方觉混沌浑沉，灵光乍现，镜照万法千千，

终始无凭鸿蒙判，天上人间，不如随化他方自在天。

气若幽兰

　　纤泪如雨雾露深，玉露未沾挲芳染，兰裳不知秋凉意，烟雾迷离，气若幽兰，寒江影孤戴蓑立，拂栏鸿波夜色曲，谁与同舟浪天际，不知深，误入两岸桃花十里。

缚心结

　　江楼独婉半溪川，青山云雾遮罗面，水自东江流西月，缚心结，未解长途漫漫，舞白歌空前一曲，天地云卷惊鸿现，未知醒，睡莲已安然。

千树飞雪

西夷关

独伴西夷卧尝胆，未知惆怅少清狂，一杯浊酒难卓度，

饮一碗，烈火烧，醇甘舌味绕心房，自认长生不老浆，

别一断，一段美酒佳酿。

相思结

　　红梅生傲雪，寒香独自结，十里漫漫诉芬芳，冷香梅，相思结，乱世争雄未知休，君安康，一处相思岁月催，融融我心生梅香，但愿千里人月圆，更悠长。

浣溪纱

　　一湘春水，一场寒，春风无力百花残，人渐凉，月已圆，轻舟迎上万重山，非色为雾烟霞色，略过轻纱别洞天。

月落纱·红颜老

　　月落纱窗锁清秋，剪不断，理还愁，疏放心笺长恨洲，蹉跎，蹉跎，朱窗深闺到白头，双鬓暮暮迟还舟，有情何须挂无情，戏水长流何须留，花颜自溢终飘零，只愿不负岁月，不负卿。

满园春色·几家忧

　　花色正浓，晴方好，春雨略过满园笑，轻解罗纱醉芳容，云屏风，相留去，几家忧，浅浅岁月流西舟，转眼已是雁过留声，人离愁。

月下空盏·花前酒

　　君不问少轻狂却白头，深锁一江春水向东流，断离愁，愁更愁，樽前空盏映水流，望不穿恩爱情仇，言不尽悲喜忧绪，只闻得月下长眠，花前酒。

娑华月

　　月满清净光，湛体性自圆，娑华金莲迎香请，金魂永固体安健，真情炉、白曰精，至阳内备，万丈灵根开桂香，月娘阿母赐仙浆，碧海穿苍。

犹应花下魂

一静方知波未平，镜照柔心，幻象凌旬，易非他由我非我，身在其中天地同，遥遥何处，性本无异，冥冥昏睡沉混沌，只当如是，根长无生，犹应花下魂。

千树飞雪

无心草

　　无心溅起一滴涟漪，白鹭南飞，明朝又复归期，月影沉入秋水，霄汉云虚斜去，明净寒风，渐入碧波湖底，泛滥千丝百缕。

　　挽心失魂，步乱意散喃呢，何处是轻鸿，飞出纵横谷底，留下芊草春生，高雪不曾畏惧，千江万里，飘散精魂寻踪迹。

深　竹

　　雨润深竹雾里芽，千条万道通吾家，清涩自有真情在，身在露中露是花。深竹呀深竹，道根扎，雨情蒙蒙，雾里芽，不迷真性，修至道，千条万道通吾家。

　　雨润深竹雾里芽，身在梦中露是花，南竹不闭八方客，细水楼台拂繁华，本根清净在吾家，无为自在道根扎，深竹呀深竹，雾里芽，雾在露里，露是花，不迷真性修至道，万古参差赴龙华。

千树飞雪

山茶花

　　玉衫敛过雾水花，大道光明耀天涯，此身如是如白茶，山茶花，山茶花，遣心清净，静流真香，谁解半世心里话，白茶蕊蕊，青石沉沉，浮云如梦，梦入红尘。

静夜歌

　　静夜思，无常归，反倒如梦花是非，花蕊泪，反倒如花梦是非，几人呆笑，心转意回！

千树飞雪

惊　鸿

　　片若惊梦，轻若游龙，繁华消逝烟雨中，空空不空，明心不明，静中何扰一尘心，非有为有，非无为无，染动俗情入朦胧，花叫我坠，心扉早已随年醉，不喜不悲，荒塚草堆，留下一场梦中烟雨，自己醉！

浮山一梦

风玲乱，意散散，芷芬香飞，谁然然。三千水，月落归，弱水流落，难收回，水波声声，慢慢心扉，无碍拨弄，心如沉蕊，浮浮梦回丢落芳菲。

大　海

　　一些事，一些人，不同的人能想通却做不到。不同的人能做到却想不通。我把一些人比作风中的尘埃，一些事是寄存在尘埃中的病毒，使每个人沉溺其中不能自拔，至少让我们感受过它的寒冷而又不知疲倦。多么有趣的人生，又多么有趣的灵魂，它是经历了怎样的起伏与曲折，又整装待发去向哪里，会有怎样未知的结果，这些人到底是在我的心里存在过，还是出现过？

　　一些事，一些人，总是说：我是宇宙的一粒尘，多么的渺小而又不起眼。我却说：我是星河的幽魂不断地徘徊着，当我经历了过去和现在才能学会让那颗尘世的心和光同尘，哪怕我是脆弱的浮沫。虽然时间在不断地推动，我不再被时间压迫无奈的沉默，这样我轻松了许多，我要做的是踏实地活着、努力着，当我生命走向尽头汇入大海的时候，又被大海支配着。

无　常

　　无心黑夜漫漫，独自聆听无常的声音，我是畏惧无常的变化莫测，还是面对无常的假象。如若我回归无常的怀抱，不再被无常的虚妄所牵绕，是否能心如明镜般悟空不染，从何处来流回何处又迁迁回回。

虚无是最好的归宿

是我聆听悲的音，还是我在故意掩饰怜的声，虚空的夜，呼闪的星，在播放着风，是我撑着心不愿独自聆听没有温暖的歌声。仿佛是在告诉着我对生与死的无知和迷茫罢了，让我生时从黑暗中明了，死时从黑暗中寂静，虚无是最好的归宿。

缥　缈

　　一叶舟，拂过荡漾的镜面，呆忘间已过隔年，是被时间充实的塞满而又无法超载，还是被虚无的帘过刹那间。

千树飞雪

冬如我

冰冷的尘，凛冽的风，是我被它浸染，还是我的火热被它霜凝，亲吻着我，又被我融化了，是雪凉了我，还是我暖了冬，雪如我，冬如我。

晨 语

晨起的花蕊，黎明的迷雾，朦胧的遮住我的双眼，爱与光明组成的视线，灰白色的影片，浮现在我的眼前，星光不现。

千树飞雪

一片世界

感受风的自然，透过一扇窗，看见若隐若现的清虚世界。

满天花雨

　　一缕冥丝，一缕婵娟，幽苒的灵天，九天的花蕾玉树临飞，一粒尘，一粒雪，十方云波的交汇，轻触女神的心扉。

千树飞雪

蜉蝣·白云碧雾沧海一粟

　　白云碧雾沧海一粟，寄蜉蝣之羽游天地，我心忧矣，喘自归息，南柯一梦谁独醒，断舍离苍穹，只觉混沌环宇朦胧，身在何处，若亡若存。

万骨明通

心如明镜高悬，千里雪烟，骨如万里飞觉，娑罗亿幹，未断月池波起，玉斾香檀，灵索惆怅，非非然，唯悟随处，轻泛因果轮盘。

千树飞雪

白莲雨晴

几波烟云，袅袅娜舞，一池玉盘珍珠露，冰轮初照灵光起，白莲微雨蒙蒙，霎时雾。